詩集　空虚《そら》みつ大和《やまと》＊目次

装丁／京春
装画／著者

詩集　空虚みつ大和

I

空《そら》（一）

フロントグラスを激しくたたく　夕立に
身体をのりだして　空を　見あげた

雨は
わたしに向かって落ちている
煙ってうす暗い　雨の彼方
止みそうにない中を
車は
心もとなく浮かぶ飛行船のように進む

「空《そら》」と呼んでいたものを
「空《くう》」と言ってみる

怖いような、でもなぜか
なつかしい高さを示し
わたしは　砂時計の真ん中
時の通過点として　細くくびれた一点となる

空《そら》（二）

文字になれない　ことばが
陽だまりの蟻のように　右往左往し
充ちている
ほろ　はら　ふる　る
すでに千三百年前には　空虚《そら》みつ大和《やまと》
と　覚えられた　この地

はるか西へ渡った女《ひと》は
二種のことばと　戯れ

文字の象形と　交わり
魂を
空虚《そら》の天《そら》へ放った

時の重なりに満ちた　この残照の空へ
還りたくて　わたしも
わたしの庭に落ちていることばを
拾い集める

ユーラシア大陸から

おばあさんの部屋にかかっている
仏像の　半開きの日は
ゆったりした金線の渦のなかにある
　見守っているのか
　見張っているのか
はるか遠くからの気配に　しばらく
離れの部屋にいることを忘れる

あたしたち　三人姉弟は
　昼寝は〝ごじょ〟の下がいい

と　くっ付きあう
見下ろしている奇妙なお顔の奇妙な名前
　鳥の嘴をもつ　迦楼羅《かるら》
　ながい鼻の　酔胡従《すいこじゅう》
　髪を結ってる　呉女《ごじょ》
夏越《なごし》の祓《はらえ》の日
おばあさんは　模刻の三面をおろし　清める
あたしたちは
　怖がりながら
　　かぁるぅらぁぁ　すぅいこぉじゅうぅ　ごぉじょぉぉ
　囃しながら
　　すぅいこぉじゅうぅ　ごぉじょぉぉ　かぁるぅらぁぁ
中庭に面した　濡れ縁まで
飛び跳ねる

中央・あけずの坂

千三百年の眠りに囲まれた
広大な地所の隅に　放送局はあり
階段下が　わたしたち少年探偵団の
秘密基地であった
手帳・鉛筆・鏡・笛・ロープなど
七つ道具を手に
まずは割箸で　つぎには水
地中と呼び合うため
おおきな木の根方に　穴をさがした

ときどき
数式を書きながら歩く　浴衣姿の若者を
手鏡にうつして　盗み見る
端正な狂いの踊りは
地表をはう虫の　懸命な関節のうごきそのもの
洗いざらしの白い夏と交信していた

　ジャラリ　ジャラリ

「お乞食さま」
とよばれる破戒僧が　金棒を引き歩く
無頼の音は存在証明となって中央に響く
その音を合図に

少年探偵団は坂を　駆けのぼり
集合した
修行がかなわなくなった僧を
放り出すときにだけ開けられた不開門《あけずのもん》

東・紫苑の茂り

原生林から水をたくわえる池に面して
明治に建てられたホテルがあり
起伏のある　ひろい敷地がひろがっている

和洋折衷の切り妻屋根の裏裾に
毎週通っていた　初老の婦人の家はあった
板張りの洋間で　ラジオ体操もした
あの人は「先生」とよばせなかったから
わたしは素足をはずかしく思った

横になっておられるあの方の夢をみて
訪ねると　軒先に
「どなたでもお持ちください
バナナのようなクリームのような
とろける甘さです
早めにお食べください」
の貼紙と果実がおかれていた

格子戸の引き戸越にみえる庭は
あのころのように　紫苑が茂り
ちいさな水色の洋館はひっそりとしている

暑さの残る帰り道

氷屋さんの目の粗いノコギリから
零れ落ちるサラサラの氷の粒に　虹がかかり
あの人の影が一瞬たち
ホテルの小さなピアノの音が響く
やがて影は虹のなかへ消えていった

焚火

〝鹿門で待つ〟
という便りがとどいて
幾千年

豪奢と
呼ぶのがふさわしい形状と
うろこの色艶をもったまま
ヘビは死んでいた

それは古代の
彩色された彫物《ほりもの》のようだ

つぎの
草むらへ渡ろうとする気配が
失せずにある

陽が傾きはじめて
落ち葉を焼いた
髪が煙にしみ染まるころ
あたりは、すっかり黄昏れた

ほっこりと

焔の疲れにまかせていると
鎧を着た生き物の
白い腹が浮かび
鞭のようにしなった

西・縁《へり》にて

捕虫網をかざして　迷い込んだ雑木林に
ちいさな池
おたまじゃくしが動いていた
子どもたちの冒険の場所

追われた野良犬の群れ
殺気だった眼が重なりあい
十匹余りを率いた　リーダー犬が
離れて吠えた

このあたりは区域のはずれ
市街地から押しやられた病院や施設があり
それゆえにかそれぞれ敷地が広い
入ればそこで一生を終える人もある

小高い丘一帯を占める病院は
ひと気も少なく
池に面した散歩道のぐるりに
植えられた桜
満開の下を
手をひかれて歩いた遠い記憶
古の都があったときから　ここは

西の縁《へり》
千年以前から埋まっていた武具が
掘り出されたりする
西方を守る武人たちが見上げた空は
不変の色

子どもたちも
生き延びた野犬も
病の人も
自転車をこぐ人も
夕陽をまぶしく見つめて
夜をむかえる

若菜摘み

庭の草引きをした日には
夜　眠りにおちる瞬間
光の線があらわれる
春先なら　垂直
夏には　水平の放射状
雑草が伸びる方向に

育ち盛りの少女が
思わぬ可憐な花をつけた草を

空き地で摘みそろえていた
すこし傾《かし》げた細い首は
しなやかな獣の持つ曲線を描いている

春分の日　古代の乙女らは
日の出から日の入りまで
お日様を追って
野の草花を摘み歩いたという

遠い日の少女たちにつながる
あの一心不乱な後ろ姿
光にみちびかれ
健やかでありますように
と願う

Ⅱ

絵はがき

埃っぽい抽出しの片隅に
欠けた蠟石
うすいももいろの紙石鹼
摩滅したガラス瓶の欠片
といった半透明のガラクタといっしょに
忘れられて眠っていた

色褪せた野原の絵はがきには
骰子ほどの家があり

空には
ビー玉色をした太陽がとまっている
揺れながら続く川筋は
カタツムリの軌跡のように光っている

タガメを捕るのが上手な少年と
少年の話を聞くのが好きな少女が
ふたりして
見上げた
―天まで届く―という修辞もまぶしく
チビた鉛筆ほどの木もある

トンネル橋の暗がりには
蝙蝠がぶらさがり

鉄製の水門のかげがゆれ
懐かしいものたちが
いまは気配となって漂っている
記憶の岸辺

脱皮

今日も朝から晴れ

午後はいつものように
公園の中にあるプールにいく
息つぎの顔に蟬しぐれがふりそそぎ
水にもどると
夏の日差しも喧騒も遠ざかり
もうあの子たちとは遊べない
くりかえし潜って底に手をつく

今日も朝から晴れ

帰り道
今年ひとりでみつけた
水の門と名づけられた一画を通る
土塀がめぐらされ
風も時間もとまった昼下がりが
ひっそりとかわいている

今日も朝から晴れ

まだ水が恋しくて
金魚すくいの方へ寄り道する

魔女めいたお婆さんからもらう網《ポイ》を
乱暴につかう
上手くなりすぎると
夏休みがはやく終わってしまいそう

今日も朝から晴れ

わたしは出口にたち
たたんだ翅をひろげたくても
まだ背の殻が硬かった

よっちゃんの独楽

まわれ
まわれ
ガラスの独楽

乳白色のマーブリングに
景色が映ったり　途切れたり
ひとり井戸端であそんで
返しました
よっちゃん　あの独楽まだ持ってますか

まわれ
まわれ
ガラスの独楽

廻りながら巻き取った景色を
解いてみると
牛乳配達のヤギ顔のおじさんや
巡回散髪のおじいさん
いつもお酒の臭いをさせた
刃物研ぎのお兄さんの顔もみえます

まわれ
まわれ

ガラスの独楽

よっちゃんのお父さんは月末に
めずらしいお土産をもって帰られましたね
その夜は駐留している外国の兵隊さんも外出日
大人たちは店のお金を半分だけ隠します
荒波を渡って北の戦いの場へむかうひとたち
彼らののっそりと大きな気配を　大人たちは
忘れたことにしています

まわれ
まわれ
ガラスの独楽

いろんなことが起こりました
よっちゃんも私も町を離れました
もう巻き取れないほど
いろんなことがありました
弾け砕けず残っていたら
よっちゃん
優しいよっちゃん
あなたも廻してみてください

影絵

たかい　たかーい

どこまでも
昇っていく　ほそい　ほそーい声
吸い込まれそうで　丸まった
なんて小さいんだ　ぼくは

絹の声の乳母はぼくを守り
清潔な繭にもぐるようにして眠った

お寺の屋根をとびこえる翼は
もらえなかったが
月夜になると　いそいそと出歩き
満月の晩
ふさふさの尻尾がそなわった

踊るとたっぷりした曲線が金色にかがやき
ぼくの影を　絹の声に届けた

うまく隠して　外されないように
話すものではありません
それは　記憶にとどめておきなさい

ベルベットの声の僧侶は
いつだって四角い穴を掘っている

埋めないで
ぼくのきれいな尻尾を思い出して！
なつやすみの幻燈会で見たでしょう

行き交い

香りが運ばれてきた
初春の裏庭
なんども甦る鳥のように
鮮やかな光の束となった水仙は
黒い土のうえに太い茎で支えられていた

落ち葉を踏みしめてやってきた
少女と
互いにことばは少なく
使われなくなった井戸の傍で

親たちや祖父母の時間を拾うように
土器片をあつめた

二度と会えないことを　知っているかのように
手を出しあったころ
陽は傾き
耳朶をあかく染めたあなたは
わたし
夕暮れに追われて帰ったわたしは
あなた

次の春には
小屋も屋敷も草花すべて取り払われ
更地となっていた

南・ブロンズ製の鴉も聞く

木製のふかい庇をもつ
おおらかな和風の音楽ホール
柿落しに弦楽奏者がやってきた
彼が生まれたのは
木造の教会もあるという
海　と　森　の
多数の民族が行き交う小国

二度の独立のまえに
隣国に亡命した彼
指は弦のうえで　ふるえ
強く　ふるえ
美しいビブラートの哀愁と
激しさを　奏でる
音楽家が見聞きしたものすべてが
弦を通って現れているようだ

拍手をおくる聴衆のなかに
母と同窓生の老女たちがいる

ここは
彼女たちが通った女学校があったところ

迫りくる戦乱のなかでも
守られているように過ごせた
友人との日々
混乱をくぐりぬけた　彼女たちは
生命を繋いできた
長い間放置された校舎は朽ち
取り払われた跡に建つホール

いま
1・7秒の残響に浸る老女たちには
袴姿の女学生のさざめきと
足踏みミシンの音が
聞こえ出す

北・を越えて

トンネルに消えてしまう
廃線ばかりをひいていた歳月
たどり着けない憧れは
それでも補助線となって
遠くへ行かせた

坂道をのぼりきると
運動場と校舎が見え
玄関口に泉水があった
水底に沈む手紙は　言葉を読みとると

クチナシの香りとともに
恋しい人を思い出す
と言われていた

いつのころからか
人恋しさゆえに越え難い
と歌われた丘陵

教室の窓からときどき見えた汽車は
北へ続く線路を行く
眠気を誘う蜜蜂の羽音のなかで
ここではない　何処か
話せない　誰かを
思って目を瞑った

裏返しの桃源郷へ

（一）

ぽっかりとそこだけが明るい桃畑は
深夜の鏡のような池をかかえていた
指のあいだを抜ける
幾すじもの淡い光
彼岸への通い路をそっと束ね
水底を覗く

踏み入るとゆがむ　水面に映る風景
足がつかなくなったあたりで
はじめて貝を見つけた

（二）

貝のあるところ
ふるえる波紋の眠るあたりへ
なんども　なんども潜り降りる

浮かびあがるたび視界は
遠近をなくし
くもの巣状の亀裂がはしる

なだれていく静寂のなか
わたしはすべての欠片に映り
そしてまた、どの一片にも入りきれなかった

（三）

月が夜の花芯としてひらくとき
おぼろな明かりに
記憶のネガフィルムを透かして見る
逆光にまもられた闇には
こぼれ落ちた小花が
波間にくだけ浮かぶ満月のように
漂う

掬いあげれば
極彩色の熱をおびる　六枚の花弁
それぞれに
桃の果肉より甘やかな源をもっていた

Ⅲ

スケッチ（一）

雲

西の空いっぱいの輪郭が
黄金色にかがやき
口に夕陽を咬んでいた

山

呼びかければとどくものに
乾いた咆哮が谺する
響きとなって

共鳴する

風

ゆうべもらった女神の絵葉書
ニケの翼で
大きな螺旋の石をすべる
生命の先端へ

霜

人の声より
霜の無言のあきらかな朝
ひかりの粒に打たれて
祈る

スケッチ（二）

かえる

体液の膨らみ　ひとつひとつに
若葉色の志を映して
跳躍の瞬間《とき》をうかがう

へび

眠りのなかに現れて
夢も　希望も
そんな形のまま飲み込んでしまう

透明な罠

かっぱ

涙のレンズを透して
死者の岸を見つめてきた老賢夫
その声は
泉水のつぶやきに似て
恥じらいがちに歌う

ねこ

昼下がり
招き猫がかけだしたとき
逃げていったもの

スケッチ（三）

春のいろ

眠りのつぼで発酵した
一滴を
四翅にのせて
送られてきた

春　はじめての蝶

仙界の冷気を
卵菓子いろの鱗粉に
閃かせ
颪に　脈打つ

不時着

〝待たせてごめんね〟って
何処からともなく漂ってきた
綿毛は　耳元で囁いた

朝のひかりを受け
水遣りのジョウロの影が
ジョウロの形のまま　対称に
できていた五月が過ぎ
六月のカレンダーには

片足立ったフラミンゴが
ピンクの問いの形で止められている

行ってしまった人を　不意に
浮かびあがらせる木の葉の煌めき
その人との叶わぬ思いは
緑の陰に沈めている
雨のまえ

〝ああ　もう
つま先立って答えなくていいんだね〟

夏

脱兎のすばしっこさで
あるいは、旗を翻し
先頭をきる者のように
笹をもって線路をよこぎった老婆

七夕がちかい
緑がふかい

いつか　雲梯《うんてい》にぶら下ったまま

だから、手のなかにあるものを
大切にしよう　と思う
と　あの人が言ったのは
祈りというより
やわらかな決意であった
と知る

きっと祝福

わたしが
虫の眼をもっていたとき

蛹がメタリックに輝く六月の朝となり
早起きのご褒美のように
薬指の爪ほどの卵が数個
石影におかれていた

ツマグロヒョウモン蝶がとびかう八月

水遣りのシャワーのたびに
若いニホントカゲは　虹色の尻尾を光らせる

シモツケソウの茂みを　終の寝床としたのは
イタチか野良猫か
みんな　大きな円のなかのできごと
その端っこにいることに気づかず
誰にも言えず白い骨を埋めた

晩秋

幼い姉弟が
捜し歩いたように
どこへ帰ろうとしているの

乗客もまばらなバスのなか
おおきな楽器をもった男がかがみ込んで
弦をつま弾きだす
奏者と楽器はひとかたまりとなり
知らないところへ

はこばれていく
秋の深いしずけさが胸まであがってきたとき
演奏は止み
停車の合図となった

バスから降りたさきには
銀杏の裸木が
シルエットになって立っている
散り敷かれた黄色の絨毯のまんなかで
葉を落とした梢はいっせいに
暮れる空を指さしている

もうすぐ初雪が舞いそうだ
あの子らも

鎖骨のような梢にぶらさがり
繭になる日をゆめみて
旅を続けたのだろう

よみ人知らず

すこし暖まろうと
あなたが擦ったマッチ棒

あなたの骨格が照らしだされ
あなたにはない私の曲線に気づくのです

ふたつの鼓動が
風を送るふいごとなったとき　燃えたのは
折りたたまれた恋文

それとも
姿見のむこうの野っ原で
かき集めた落ち葉だったのでしょうか

灰の朝
炎に逃げだした言葉の跡が
虫喰っています

ネアンデルタールの花束

言葉などなかったときから
くり返される　冬の夕焼け
万華のひかり
その突然の終息を見送る

ここからはるか遠く
〝とかげ通り〟で
夕闇に　ネジが振動する
その清潔な音を思い

深く息を吸う

知者のきく
〝時間〟という考えの軋みは
悲しみや畏れを
花粉のオブラートに包んだことから
はじまった

ネアンデルタール人と呼ばれる人たちも
死者に手向けた花々
そのひとつ
青いムスカリのふくらむ日を待つ

あとがき

詩と散文の違いは？　私の書いたものが詩とよべるのか？　振り返ってみると手探りしながら問つづけてきたように思います。

六十余年過ごした奈良の地を軸として詩集に纏めることになりました。

多くの方々のお力添えをうけ、はじめての試みを果たせました。

冨長覚梁さまの詩に感銘し、それ以来私淑していました。いくつかの偶然が重なったことでこの度、直接ご指導していただく幸運に恵まれました。深く感謝致しております。

司茜さまは詩集の出版を促してくださり、冨長さまをご紹介していただきました。

むら山豊さまは同人誌「点燈記」以来、私を詩に繋ぎ止めてくださいました。

家族、兄妹の無言の応援も力になりました。

また、編集の過程で形が整えられるのを目の当たりにしました。

土曜美術社出版販売の高木祐子さまはじめスタッフの方々ありがとうございました。

二〇二一年五月

吉中桃子

著者略歴

吉中桃子（よしなか・ももこ）

1950 年生まれ

所属　日本詩人クラブ会友　関西詩人協会会員
近江詩人会会員
「点燈鬼」（1980 年～ 2014 年終刊）
「風鐸」（8 号～ 10 号）

住所　〒630-8044　奈良県奈良市六条西 3-2-17

詩集　空虚《そら》みつ大和《やまと》

発行　二〇二一年六月三十日

著者　吉中桃子
装丁　京春
発行者　高木祐子
発行所　土曜美術社出版販売
〒162-0813　東京都新宿区東五軒町三—一〇
電話　〇三—五二二九—〇七三〇
FAX　〇三—五二二九—〇七三二
振替　〇〇一六〇—九—七五六九〇九

印刷・製本　モリモト印刷
ISBN978-4-8120-2631-1　C0092